응강

응강

초판 1쇄 발행 • 2019년 12월 31일

지은이 • 이봉환
펴낸이 • 황규관

펴낸곳 • 반걸음
출판등록 • 2018년 3월 6일 제2018-000063호
주소 • 04149 서울시 마포구 대흥로 84-6, 302호
전화 • 02-848-3097
팩스 • 02-848-3094

디자인 • 정하연
인쇄 • 스크린그래픽

ISBN 979-11-963969-6-1 03810

* 책값은 뒤표지에 표시되어 있습니다.
* 반걸음은 삶창의 문학 전문 브랜드입니다.

응강

이봉환 시집

반걸음

시인의 말

작년엔가, 재작년부터였나?

무슨 생의 매듭이 하나 툭 풀려 내렸다.

이제 나는 내 시는 제어할 틈도 없이 막 나갈 것 같다.

그것이 어딘지는 무언지는 나도 잘은 모른다.

과연 응강에서 오래 멀리 벗어난 일일까.

그게 어디 그리 쉬울까.

차례

웅강

그늘이나 응달이 고향에서는 웅강인데 꼭 웅강이 춥고 배고프고 서러운 곳만은 아니었다 시래기는 뒤란 처마 밑 웅강에서 꼬들꼬들 말라갔으며 장두감을 설강 위 웅강에 오래 두어야 다디단 홍시가 되어갔는데, 무엇보다도 어릴 적 마루청 밑 짚가리 웅강 속에서 달걀을 훔친 내가 흠씬 종아릴 맞고 눈물 콧물 범벅인 채로 잠들어버린, 고향에서는 정지라고 부르는 부엌 구석 어둑한 웅강의 찬 기운에 퍼뜩 정신을 차리고는 하였으니 거기가 서늘하고 깊고 시퍼런 물줄기를 가진 강 중의 강이기는 하였던 모양

굴

가을이 점점 깊어 더 이상 스며들고 파고들 데가 없을 즈음부터 바다에서 캐온 굴이 들어간 음식은 맛이 다 좋다 굴전, 피굴국, 파래굴무침도 좋고 소고기 대신 굴을 넣고 매생이를 좀 풀어 펄펄 끓인 떡국도 좋지만 그보다 내 고향 고흥에서는, 설 전날 정심 때쯤이면 엄마가 큰 가마솥에 굴 한 가마니 가난 한 가마니 푸지게 섞어 옇고 살짝 벌어지게 삶은 풀풀 김이 나는 것을 다라이 가득 퍼놓는데 우르르 둘러앉은 식구들 틈서리로 들락날락 끼어들고 나면서 후루룩후루룩 까먹어야 비로소 그해가 가고 다음 해가 오는 관습이 있다

성주城主

옛 선인들은 머무는 곳의 지명을 당호로 삼고 이름을 대신했다고 들었다 연암이나 다산이 대표적인 경우일 것 굳이 까닭을 묻자면 그곳 풍광이 꼭 절경이어서만은 아니었으리 자신을 거두어준 거처가 그저 편안했으면 해서였을 것 어디 제 자식 얼굴이 잘나서 그리 사랑스럽고 미쁘기만 하던가 마당에는 최소한의 꽃과 나무만을 심고 밖의 범속한 풍경을 끌어들여 그 '좋다'는 의미를 완성했으리 그리곤 그토록 그를 섬겼을 것

내 귀하고 늠름하고 어여쁜

어쩌다가 내가 나로 태어나서
어느 곳을 흐르다가 한 귀한 여자를 만나고
저것들, 어쩌면 늠름하고도 어여쁜 저것들은
내 자식으로 운명運命 하여 왔을까

아비 노릇

내 아이들은 성정이 잔잔한 데다가 언제 누구와 한번 다투거나 부모 마음 거스를 줄도 몰랐거니와, 한데 요즈음은 마음 한쪽이 은근히 아려올 때가 있는 것이다 저희라고 어찌 희로애락, 기쁨에 날뛰고 슬픈 소리 내어 울고 싶지 않겠는가 어버이 앞이라 항시 웃음 보여드리려고 노심초사하며 은인隱忍하였거니 짐작이 드는 날이면, 가끔은 행실 나쁜 자식이라도 좋으니 고개 들고 따따부따 아비한테 대들어도 괜찮겠다는, 차라리 속 후련하겠다는 염려를 괜히 한 번쯤은 하여보는 이 겨운 봄날

돌각담을 쌓다

세상을 함부로 구르다 까진 상처와
겁 없이 절벽을 뛰어내린 모서리가
멈칫멈칫 곁눈질로 상대방을 확인한다
큰 돌은 작은 돌 업어주려고 등을 낮춘다
아랫돌 윗돌이 차근차근 제자릴 잡는다

각과 각이 맞닿자
더듬더듬 어깨를 겯고 찬찬히
등 뒤로 팔을 둘러 손깍지도 낀다
금세 눈 맞고 배까지 맞아버린 몸들이
꽃샘추위 탓을 하며
서로를 바짝 끌어당긴다
떨어지지 않으려고 입술을 앙다물며 버텨낸다
각과 각이 조여오는 틈은
꽃샘바람을 받아들여 야릇해진다
그러나 너무 입 꽉 다물지는 않는
봄볕 환한 틈새기, 그 어름에서 목련꽃 피어난다

혼자 있길 좋아하는 둥근 돌은 여전히 홀로가 좋다
이웃과 맞대려 하자 와르르 허물어져버린다
각이 없는 것들은 상처 입은 바 없으므로
누군가의 바닥이 되는 걸 힘들어한다
담벼락의 맨 위에 올려주니 빙그레, 웃는다

등 굽은 뒷집 할머니 지날 때
보일락 말락 할 만큼 제 키를 높이는 돌각담

다락방 창에 펼쳐진 염문 한 자락

집 지을 때 2층 다락 창을 낮고 길게 뉘어 달았지요 그 방에 엎드려 맘껏 서책을 흠모하다가 살짝 고개만 들어도 매끈한 야산이 통째로 굴러 들어오겠구나 싶더라고요 그러저러한 생각에 더욱 마음이 달뜬 나는 옆으로 몸을 반 바퀴 틀어 왼쪽 구레나룻쯤을 손바닥으로 떠받치고는 한껏 그윽해지려 애를 쓰게 되는데, 때맞춰 나와 비슷한 자세로 나긋나긋해진 저녁 산의 실루엣까지 점점 선명해지니 이때다 싶어진 나는 그 잘록한 허리에다 오른손을 척 하니 걸치고는…… 한데 아래층의 그녀 몰래 꾸며내는 이 짓도 영 불고염치여서 슬그머니 일어나 창밖이나 좀 내다보게 되는데요 이때, 저는 가만있는데 괜히 내가 염문에 끌어들여 곤란하게 된 옆 산한테도 씽긋, 눈인사를 하게 되는 것이었어요

김 할머니와 중고 유모차

중고 유모차 한 대를 어렵사리 장만한 김 말례 할머니는
멀리 있는 자식보다 한결 그놈이 의지가 된다
가다가, 서다가, 때로는 유모차에게 끌리다시피
노인회관 출입에 동네 마실까지 다니게 되었는데

항시 앞서 걷곤 하던 유모차가 오늘은 갑자기
양지 쪽 가묘까지 할머닐 태워다 드리고 싶은 것이다
따스하고 편안한 곳으로 모셔드리려는 귀하고 참한 생각에
유모차는 자꾸 제 낡은 뼈대를 삐거덕거려보는데

할머니도 실은 아까부터 유모차를 타고 싶다고
응애앵응애앵 떼를 쓰며 보채고 있던 것
나이가 많아지면 거꾸로 애기가 된다는 말을
죽기 전에 꼭 한번은 실천하고 싶어서
길고양이의 울음으로
보듬어달라고, 업어달라고 아까부터 아양을 떨었던 것

아들딸에게는 차마 못 하고 유모차한테나 숨이 차서는
겨우겨우

세상에서 울음이 가장 슬픈 새

한참을, 뒷산이 내 뒤에 배경처럼 앉아 있었고
또 한참을, 멧비둘기 한 마리 날아와 곁이 되어 있었다

무슨 일이 있어서 나른한 봄 여기까지 내려왔니?
왜 자꾸 동구 밖을 기웃거려?
구국구욱 구국국 구욱국
내가 묻고 그가 답하는데

밤새 끙끙 앓던 처가 오늘 새벽 숨을 놓아버렸어
앞산 사는 장모님이 연락받고 오신다기에, 흑흑

아내가 죽었어? 저런, 저런, 애들은 몇이나 되고?

아들 둘에 딸 하나, 가쁜 숨을 몰아쉬며 아내가 그랬어
자기 죽거들랑 새끼들은 꼭 장모님한테 맡겨달라고
그래야 안 굶기고 옷 제대로 입혀 키울 수 있다고
짠한 새끼들 시골 할머니한테 떠맡기는 건 싫지만
뱁새 집에 알 낳고 몰래 도망쳐버린 뒷산 뻐꾸기보다는

낫다고

그래, 그래, 힘내서 잘 살아라 홀아비 멧비둘기야
장모님이 데려가더라도 애들 보러 앞산엘랑 자주 가고
세상에서 가장 울음이 슬픈 새야 구국국구욱국 꾸욱꾹
아내 묻힌 낙엽 무덤으로 허둥지둥 날아가는 새야

상준 형

붙임성이 없어 아무에게나 형, 형, 하고 부르지 못하던 시절의 내게 저물 무렵의 눈빛으로 다가와서는 뭐라 뭐라며 움츠린 어깨를 다독여준 일이 있었는데, 정작 그때의 말들은 생각나지 않고 다만 서늘히 전해오던 형의 진심만이 지금도 생생하여라 사랑에 미치고 눈귀까지 멀어 세상과 좀체 섞이지 못하던, 세상도 그런 날 받아주기 힘들었겠으나 나도 그 서투른 사랑 밖으론 한 발짝 나아가길 저어하던 때!

농담 반 진담 반

퇴직을 하고 벌써 칠십을 훌쩍 넘긴 전직이 교사인 선배 한 분이 전교조해직교사모임에서 소주잔을 탁 털어 넣으며 말했다

세상살이 너무 편해도 못쓰것드랑께! 뭔 세월이 그리도 빨리 가냔 말여 그라니까 가는 시간 좀 찬찬히 가시라고 붙잡을라믄 인생이 좀 고달퍼도 괜찮것드랑께!

유달산

목포 앞에는 압해도 뒤쪽은 뒷개라지
대가리 앞뒤꼭지가 삼천리로 툭 튀어나온
유씨 성을 가진 달산이라는 놈은
'달'자가 건달과 같은 놈팽이 항렬이어서
날이면 날마다 밥도 안 먹고
목포의 눈물을 불러 제낀다지
가끔은 젊은 땡중이 달선각을 어슬렁대며
일제강점기 때 유달산 팔아먹은 정 아무개의
철 지난 사연*을 풀풀 풀어내면,
지나던 관광객들 안개처럼 그를 둘러싸고는
낄낄깔깔 저 너머 고하도를 건드는 파도처럼
철썩철썩 옆구릴 간질인다지 그 땡중도
뒷개 쪽으로 고개를 돌리고는 낄낄깔깔

목포 뒤쪽엔 뒷개 앞에는 압해도 있지
그 한가운데 유씨 성을 가진 달산이라는 놈은
천성이 건달인 데다가 만상은 도깨비라서
일등바위 이등바위로 불뚝불뚝 솟아올랐지

누구 게 더 크냐며 솟아올랐지

* 해방 후 사람들이 그의 행위를 비난하자 "흐르는 강물을 팔아먹은 김선달 보다는 낫다"고 항변하였다고 한다.

목재소 앞을 지나다

몇 놈이 저 안에서
베이고 쓰러졌는지 모르겠다
터져 나간 살점이
바닥을 흥건히 덮고 있다
하얀 피는 굳어서 반짝 빛난다
누군가의 취향에 따라
몸통이 잘리고 장딴지는
사각으로 저렇게 비틀어졌으리
잘린 놈 팔다리가
아무렇게나 땡볕을 뒹군다
씨팔, 누군가 지나며
한번 걷어차주지도 않는다
한쪽 발목을 잃은 고양이 한 마리 흘끔거리며 쩔룩,
그 앞을 지난다
더 오랜 날을 무수한 놈들이 또
전기톱날의 고문에 씨아아아악!
비명을 지르며 토막 날 것인데도
그런데도, 그런데도

그 안에서는 언제나

피 맑은 향기만 흘러나올 뿐이다

백양사 가는 길

백양사 단풍 구경 가는데
무궁화호 타고 장성사거리서 내려 입석 군내버스 타고
백양사 가는 길은 말 그대로 주차장, 평소 이십 분 거리가
한 시간 반이 넘었는데도 아직 버스는 장성호수 곁에 서
있다
참다못한 예닐곱 살쯤의 사내아이가 그런다

아, 진짜 이럴 줄 몰랐네 진짜 왕짜증 나네 진짜

이럴 줄 모르고 엄마 아빠 따라온 한 아이가
그럴 줄 모르고 벌어질 더 큰일들 무수히 남고 남은
막 출발한 일생을 초보 운전 중인 한 아이가

무궁화호 객실에서

세상 참 살 만해졌다고
살 만한께 저세상 갈 때가 돼버렸다고
익산 산다는 할머니가 목포발 용산행
무궁화호 객실에서 하얗게 웃는다
늦가을 억새가 따라서 웃는다

이놈의 세상 가끔 살 만하긴 했다
살 만한 어느 날 아버지도 일찍 가셨다
살 만한께 떠나버려서 생각나는 사람들
그제야 사무쳐오는 숱한 아쉬움들

어딘가를 가기 위함이 아니라 우린
그냥 여기를 사는 거라고
햇빛 기차를 타고 햇살 터널인 당신을 통과하고 있다고
어둠 또한 또 다른 햇살 그늘인 당신이라고 기차가,
밤과 낮을 다 산 오늘이 뉘엿뉘엿 말하고 있다

말의 저편

전화해서 엄마가 첫마디로 “밥 묵었니야?” 하시는 건

보고 싶다는 뜻이다

엄마의 소원

늙은이가 꼿꼿한 집은 꼭 젊은이가 아픈 벱이다

옆집 정정한 할머니 흉볼 때마다 빼놓지 않던
이 말씀의 뜻 한번 야무지게 이뤄보시려고
엄마는 하루하루 남다르게 낡아가는 것 같다
오늘은 고추 빻고 참기름 짜러
동네 어매들이랑 읍내 방앗간엘 간다
실한 고추가 다섯 가마 참깨 알들 두어 되
저것들 키우느라 흘린 땀방울이 배어서
고춧가루는 이만큼 매콤해졌으리
새벽부터 새마을참기름집 줄지어 선 어매들의
뼈저린 삭신을 겨우겨우 빠져나와서
참기름들 저리 걸쭉하고
고소해졌을 것
젊은것들이나 부디 많이 묵고 건강하라며
기어이 깻묵처럼 쪼그라든 어매들
마을 가면 아들딸보다 가까운 친구들이 참 많다
특히나 우리 엄마는 거미하고도 절친이어서

안방에 집도 지으라고 허락까지 하셨다
함석 물받이의 붉은
녹들은 엄마를 향해 번져가고
걸레도 당신 가까이서 쭈글쭈글 같이 말라가고 있는 걸 보면
개미 떼랑 먼지들 쓸어내지 않고 곁에 두신 뜻
잘 알겠다 엄마는
언제 또 고양이 아들까지 낳아두셨나
저녁 먹고 한참이나 창문을 긁던 녀석
엄니야아옹 기척하고는 휼긋 어둠 속으로 사라진다

염원의 손길 무수히 스치어간 당산나무 옆 돌장승의 코는
뭇 어매들 소원이 한결같아서 맨들맨들해졌으리

추석 대목 장날 이러고들 있을 것이다

석 달 만에 숨몰댁이 무거운 몸을 이끌고 장바닥에 나타난다 고무 대야 몇 펼쳐놓고 고흥만 갯것을 50년 넘게 팔아온 두원댁이 호들갑을 친다

오매오매 어짠 일이다요? 그동안 안 보예서 벨 생각이 다 들고 영 맘이 안 좋등만

몸을 딸싹도 못 하것는디 추석 대목이라 이라고 안 나왔소 자석새끼들 옹께 멋이라도 끼레 멕일라먼 장이라도 봐야제이

그라제라 나도 접어야쓰것다 함시롱 이라고 앉었소 근디 요새 봉남떡이 통 코빼기도 안 뵈등마 먼 일 있다요?

치매에다가 당뇨에다가 우울찡까지 먼 놈의 빙이 한꺼번에 달라들어서 목포 아들한테 갔다요 사람도 못 알어본다등만

워매워매, 봉남떡 짠해서 어짜까이 법 없이도 살 사람인디 참말로, 썩을 놈의 빙이 그렇게나 달라들었으까이

엄마가 날 부르신다

아이야아이야, 엄마는 요새 자꾸 누군가를 부르신다 어릴 적의 날 부르시는 겐지 그냥 아무에게나 칭얼대시는 겐지 무언가가 슬쩍 스치기라도 하면 아야아야, 하고 앓으신다

똥을 주무르고 주사기도 빼버린다는 전화가 온다 담당 의사 말조차 안 들어서 어찌할 수가 없으니 두 손을 좀 묶어두면 안 되겠냐고, 허겁지겁 병원으로 달려가 엄마 손을 붙잡고 허둥대는데

아이야, 아이야, 느그 집에 가면 안 되겠냐는 엄마의 눈빛

사생결단

요양원에 입소한 엄마는 곱게 쥔 두 손을 휠체어용 식판에 얌전하게 올려놓았다 고향과 멀어져버린 당신 얼굴은 내가 누군지 몰라서 시무룩하다 따듯한 밥이 한 그릇 앞에 놓이자 금방 환해진 자귀나무가 꽃잎을 꼬무락꼬무락 펼쳐낸다 어? 숟가락을 움켜쥐는 꽃잎 끝마디가 기역 자로 구부러져 있다 영락없는 낫 한 자루가 관절과는 상관없는 쪽으로 굽어서 무언가를 자르려고 잔뜩 벼르고 있는 것 같다 논밭의 일들을 마치지 못한 흔적,

굳어버린 화석을 안쓰러운 눈길이 자꾸 쓰다듬자 오랜 기억이 한 점 꾸물꾸물 드러난다 자귀나무 꽃 속에서 구국국꾸욱꾹 섧던 멧비둘기 울음 몇 소절도 함께 발굴된다 떨어지지 않으려고 마른 밭 땅을 꽉 붙들던 육쪽마늘들 뽑으려면 손가락을 입과 함께 여간 앙다물어야 했으리 놈들을

그러쥐고 죽기 살기로 견뎌야 했을 것 일생이 내내 사생결단이었으리 놓치지 않으려고 움켜쥔 놈들 중 하나가 바로 우리였을 것

요양원 음악회

수녀님들이 운영하는 요양원 음악회가 시작되자 좀 뜨악해졌다 치매가 대부분인 어머니들은 정작 무표정한데, 제 잔치라도 되는 양 허공에 간지럼을 먹이며 직원들만 찧고 까불고 아주 신이 났다 때마침 가을비까지 오락가락, 마음이 좀 삐딱해진 나는 엄마 곁에 삐딱하게 앉았는데,

어라? 하나둘 어머니들 표정이 풀리고 얼굴에 화색이 도는 거라 엇박자로 박수를 따라 치거나 다리가 성한 분들은 허수아비 춤까지 추어댔는데, 자세를 고치던 나는 그만 눈자위마저 뜨거워졌다 무뚝뚝한 저 치매의 얼굴들에서 웃음을 꼬여내느라 저이들 여태 찧고 까불며 아양을 떨었던 것

비는 그치고 청명해진 하늘을 우러렀으나 천사들은 이미 거기에 있지 않았다

치매야 정말 고맙다

면회를 기다리는 일요일 요양원의 오후
구십 넘은 어머니가 칠십쯤의 아들과 헤어지며
조심해서 가그라이 차 조심해야 쓴다이
하고는 요양원 엘리베이터 속으로 사라진다

우리 엄마는 이제 그런 걱정 안 하신다
썩을 놈의 시상 먼 재미로 산다냐
언능 죽어나불제 징글징글한 놈의 시상
그런 절망 섞인 말도 이제는 안 하신다
있는 걱정 없는 걱정 다 잊어버려서
엄마는 참 좋으시겠다

엄마의 우울을 잊게 해줘서
치매야 정말 고맙다

환생

몇 달 만에, 헝클어진 구석구석을 상상하며 안방 문을 열었다가 뜻밖의 풍경에 깜짝 놀랐다 어디에고 거미줄 하나 없는 엄마 계시던 방

전기장판에 누웠다가 달려 나오시며 “내 새끼, 인자 오냐” 하실 것만 같고

방바닥 쓸고 닦고 방금
동네 회관으로 마실 가셨나

엄마 생각

엄마, 하고 부르면 환한 달덩이가 떠오른다

하얗게 김이 나는 이밥이 한 입 쑥, 입으로 들어온다

오, 어머니

우연히 해남 대흥사에서 만난 이원규 시인과 몇 걸음 헤어지고서야 언뜻 그윽하고 희미한 웃음 뒤의 쓸쓸함을 본다 정확한지는 모르겠으나 빨치산이었던 아버지의 존재를 감지한 서른 전후, 중앙일보 기자였던 젊은 그는 서울을 버리고 지리산으로 잠입한다 시대와 얽힌 아버지의 끈을 찾아내고 그 타래를 풀어보려는 시도였을 것 시련과 간난은 간혹 우릴 새로운 곳으로 인도한다 그가 일천구백육십이 년생이니, 오십 년대의 빨치산 소탕 작전에서 살아남은 아버지는 칠흑의 어둠으로 엄니 품에 스며들었다가 여명 이전으로 스러졌을 것이다 나는 그 이후의 어머니를 감히 덧붙인다 남편이 살아서 왔었노라고 말하지는 못했을 것이다 그럼 누구의 자식이냐를 씹어 삼키며 자근자근, 가슴팍에 짓이겨 담아야 했을 것이다 오, 견딤이여 피눈물이여 위대한 어머니여

오동꽃 나팔을 부는 여자

타당타앙 오동꽃 속에서 총소리가 났어
깜짝 놀라 보랏빛 안으로 뛰어들었어 거기
한 여자가 꽃의 길을 수그리어 걷고 있어
그녀 어디로 가는 것일까…… 홀연
취해 따르던 길을 나 잃어버렸어
총소리도 잊어버렸어 오월 어느 날이었어

잉잉거리며 벌새 한 마리 갇혀 있어
꽃 속에서 그녀와 쾌히 죽어도 좋았어 뚝!
하고 보랏빛 송이째 떨어졌어 오월이었어
순간, 길은 깊어졌고 한없이 멀어졌어 멀어서
'오랜'을 잉태했어 오랜 날 걷고 걸어야 할
아득한 길 이제야 살아야 할 이유가 생겨났어

까마득한 꽃의 심연에서 보랏빛으로 젖었어
오월이야 보랏빛 입술에 봄볕 환히 닿았어
타앙타앙뚜우우우 총소리 나팔 소리로 바뀌는 찰나,
멧비둘기 한 마리

오동꽃 속에서 후드득 날아

날아 솟구쳐 올랐어

오월이야 슬프고도 찬란한 봄날이야

햇살 아래 강물 곁에서

시작도
밑도 끝도 없이
강물이 흐른다
느릿느릿

언제부터였을까
참 애쓰고
애쓴다

“이게 어디 보통 일인가요”
햇살 아래 강물 곁에서
도법 스님 하신 이 말씀

세 발 걷고
절 한 번
흐르다가 엎드렸다가
느릿느릿

어디 이게 보통 일인가요

세상 사람들은

노각나무 수피가 발그름히 빼어난 것은
자주자주 제 흙터를 벗어버리기 때문

굴참나무 껍질이 포근포근 다정한 것은
시리고도 아픈 날들을 버리지 못하기 때문

두 그루 사이에
세상 사람들은 깃들었네

도깨비버들

물은 예전부터 여기를 흘렀을 터인데
예전의 그 물이 아니다 예전의 그가 아닌데
예전의 폼으로 거품을 일으키고 있는 물들을
오래 산 왕버들이 굽어서 바라보고 있다
그런 그의 생각 또한 아주 오래되었다 오래된
그의 생각, 예전의 물이 아닌 물들이 다시
예전의 물이 되어 여울을 흐르고 있다 물들은
흘러 흘러서 어디로 가는가
물은 흘러서 정말 자신에게로 가는 것인가
진정 물들이 흘러서 어딘가로 돌아가는 걸
인불 켠 도깨비버들이
할아버지 뒷짐으로 들여다보고 있다

퇴적암 속살이 말했다

"나 응축된 영원의 시간이야"

절개지 퇴적암 속살이 실눈을 뜨며 말했다
막 시간으로 응집되고 있는 자갈층과
아직은 긴 세월이 되지 못한 나무와 풀들
끝없이 아래로 받아들이는 대모신의 속살들
어둡고 딱딱한 응고를 지나온 행로였으나 삶은
끊임없이 다져지고 다져진 결정으로 이렇게
죽어서야 겁을 산다고, 환히 드러나서 말한다
풀이었다가 나무였다가 수만 년 진흙 자리였다가
지금은 영원,이라고 검붉은 속살이 말하는 이때!
쩡쩡 몸 쪼개지던 소리는 그 정신에서 났던 것
억겁의 영혼이 투명으로 속울음 울었던 것

첫 사과 빛

목포발 광주행 직행버스가 백운동 간이 정거장에 잠시 선다 길고양이처럼 홀쩍 올라 가방을 펼쳐 든 중년 사내의 말을 나는 99% 거짓이라고 단정한다 "다들 힘들겠지만 승객 여러분! 팔다리 불편한 장애인들은 얼마나 더 힘들겠습까? 더구나 경기가 최악인 요즘……" 내 옆에 바이올린 붙들고 레슨 받으러 가는 소녀가 조바심치며 앉아 있다 사내의 연설이 한창이자 필시 소녀의 마음에 어떤 움직임이 인다 때를 놓치지 않고 무릎들에 투박한 손수건 한 장씩 놓인다 이윽고 꾸깃꾸깃 무언가를 꺼내는 소녀의 움직임이, 이 손수건을 어떡하지? 안절부절못하는 마음을 움직인다 닫힌 마음의 빗장 풀고 내가 2천 원을 지갑에서 꺼내들었을 때, 소녀는 내 옆을 볼그름히 단 얼굴로 올려다보는 것이었다 어떤 움직임으로 발그레한, 막 가을 햇살을 받아들이기 시작한 사과밭의 상기된 첫 사과 빛!

꽃 속에 대한 궁금함

나는 꽃이 피려 할 때가 좋다 피려는 꽃의 자태도 좋거니와 막 피려 할 때의 그 기다림과 조마조마함과 꽃 속에 대한 궁금함 그 주변의 아련한 날씨까지가 다 좋다 그런 날 그런 때에 마침 봉오리 곁에서 사방오리나무 새끼 잎들 톱니로 제 살갗을 자르며 아픔을 감내하고 있다 아직 덜 여문 응달의 진달래 꽃봉오리들이 난생처음으로 깨물었던 분홍빛 몽우릴 닮은 것도 그렇고, 꼭 오므리고 피려 안 할 때가 너는 더 좋다

푸름푸름 웃음

왕자귀나무* 아래에 숙여 들자 하필이면
거기에 그녀의 희미한 웃음이 펼쳐지는지
앉아서 한참, 한참이어도 나는 까닭을 모른다
방금 다가온 푸름푸름에 대해 가만히 생각하는 중

왕자귀나무에 이르기 전 무슨 일이 있었나?

오랜 생각의 끝자리
머뭇머뭇 길둥근 잎 헤치고 문득
아침 햇살같이 퍼지는 낯익은 마음이 있다

아무래도 지금 생겨나는 이 연분홍 마음도 실은
왕자귀나무 잎 사이를 마악 달음질쳐 나왔으리
잎 그늘엔 어떤 생각이 골똘히 나고 있어서
금세 몸 시원해지고 마음까지 다 환해지는가
아무래도 지금 내게로 불어온 이 바람은
그녀를 통과해온 푸름푸름 웃음 아닐까?

* 목포 근방에만 자생하는데, 잎은 아카시와 자귀나무 중간쯤이며 7월부터 꽃잎을 아침 햇살처럼 연한 분홍으로 펼쳐 든다. 봉오릴 터트려 무수한 가닥의 연분홍 실 닮은 꽃잎을 펼칠 때면 (마치 누군갈 향하는 마음 종일은 걸리도록) 아주 천천히, 주먹 쥔 손가락을 펴는 것 같다.

무궁화 잎

무궁화 잎이 꽃잎이 그 단단한 나무껍질을 뚫을 수 있는 힘은 천천히,이다

어느 날 가만히 잎맥을 들여다보라

산제비나비 애벌레가 댕댕이덩굴 잎 갉아 먹는 것을 들여다본다 잎 저편 햇살에 내가 있는 이쪽이 환한데, 환해서 애벌레가 남긴 잎맥은 또렷한데, 저 가늘게 빛나는 잎맥이 아까워서 애벌레는 빛이 투과하지 못한 부분을 초록, 초록, 먹어 지우는 것만 같다

아, 그러고 보니 애벌레들 길을 남기고 있잖아? 아이들 아프면 약국까지 달려가야 하고 엄마 안부 물으러 급히 차를 몰아야 하는 길

어딘가에 닿으려는 애절한 꿈들이여 고달픈 삶 앞에 깜깜하게 엎드려 있을 것인 오, 성스럽게 빛나는 길들이여

그 길들 다 드러나면 애벌레는 번데기 속에 웅크리고 잠을 자는지도 모른다 보이는 길 저편 허공이 아득해서 길이 되는지도, 순간, 그래서 그들 우화하여 훅 공중에 날아오르는지도

햇살 속의 슬픔

햇살 속에는
제 몸빛과는 다른 것들이 숨어서 있지
그것들 투명한 파장으로 둔갑하여서
우리 눈에는 그저 안 보이기 십상

깊어진 가을 쓸쓸함이 한이 없거나
맑아지고 맑아진 몸 빛깔 더는 견딜 수 없을 때
깜빡 그 존재를 드러내고는 하는 모양

그러고도 그 느낌이란
몇 달씩 혹은 몇 년씩 촉수를 바들바들 떨어야
어신처럼 톡, 톡, 그렇게 전해온다는데

때마침 '글루미 선데이'를 듣는다 지금 나
그걸 타고 당신에게로 갈까 해의 살을 타고
몰래몰래 투명함으로 그대에게 퍼져갈까

이 울림이 가을을 견디는 나의 힘이다

잠자리 생각

나는 저들이 어디서 왔는지 모른다
내가 어디로 가고 있는지 여전히 모르는 것처럼, 그래서
저들도 분명 제 안에 어떤 영혼을 가지고 있음이 틀림없다

홀연히 나타난 그들이 단풍나무 아래를 어슬렁이다가
무언가를 향해 또 멈칫거리다가 한참을 생각이 깊어지면
고추잠자리도 단풍잎도 금방은 더 붉어질 것만 같은데,
작은 바람에도 손바닥을 까닥까닥 까부는 나뭇잎들의 손짓에 갔다가 되돌아오고
다시 떠날 일이 생각난 듯 머뭇거리는 잠자리처럼
나도 지난날의 언제쯤엔가는 아버지 무덤가를 서성이다가도 왔고
사랑이 그리웠으나 그 집
창문 밖을 잠자리와 같이 무춤댈 뿐이어서

우리는 늘 저마다의 일들을 가만히

생각하고 주저하는 것임이 틀림없다

빗방울의 추억

어제를 반성하며 척척척
겨울비가 내린다

자꾸 차창에 달라붙는 빗방울들아
살다가 저지른 잘못 뉘우치는 간절함으로
푸른 허공을 떠돌다 돌아온 눈동자들아
나는야 네 안에 갇혀버린 짐승 한 마리

사랑한다고 속삭이던 그녀의 입술도 거기에 있고
보소, 보소, 내 아들이 선상님 되았다네, 환한 웃음 신명 난 어깨춤으로
동네 골목을 몇 바퀴나 돌았다던 먹빛 눈썹 글썽한 아버지도 있고
홧김에 때려버렸던 바다중학교 얼굴 검은 소년의 검붉은 뺨도 있고

그 눈동자들을 와이퍼가 쓱쓱 지운다
자꾸 닦아내도 마구 흐른다는 건 여태 아프다는 것

>

차갑고 냉정한 빗방울은 앞으로 나아가게 하고
내 안의 뜨거운 눈물은 어제를 되돌아보게 한다

신금리 구절초

꽃잎도
사랑을 느낄까 몰라
눈부신 그녀 앞에 서면

자꾸
할 말 잊고
가슴은 뜨거워지네

어찌할 줄 몰라 하는 내게
그녀가 먼저 다가왔네
쌉쌀하였네

달콤한 첫 입술이 닿을 때
이파리의 실핏줄까지 떨려서
가을 하늘이 눈치챘으면 어쩌지?

구절초에게

차곡차곡 쟁여두었던 묵은 마음들을
하나하나 풀어내
마음 밖으로 떠나보낸다 가거라
부디 어디 가서 또 아픔이 되지는 말고
꽃도 되고 잎도 되고 누군가의
하얀 덧니로라도 살짝 한번 웃어봐라

구월

청소 잘 안 한다고 여름내 따가운 햇살 매를 맞던 자주 억새들이 멍든 손가락을 펼쳐 후텁지근한 허공을 빗질해 대자 깨끗하고 청명한 얼굴 한 분이 나타나셨다

홀아비꽃대

갓 구입한 초록 외투 깃을 한껏 추어올리고
흰 외로움을 겨우겨우 감추고 있다
국수 뽑을 준비를 하고 있는 국수나무 아래를
서성이는 저 가볍고 날렵한 태도라니,
철 지난 홀아비의 욕정도
약간의 건달기로 이해되는 저녁
곧 휘파람을 불어댈 것처럼 그는 입술을
팽팽하게 오므리고 있다
국수나뭇집 과부가 콧노랠 흥얼거리며 삐이걱,
가게 문을 열어젖힐 때가 되었다
마음은 늘 소나무 아래 다소곳한
각시붓꽃을 흠모하지만
건들건들 그의 몸은 곧
문고리 풀릴 국숫집 쪽문을 향해 기울어 있다

바람이 하는 일

바람이 하는 일에 대해 생각해보게 된다
음, 음, 그렇지, 그렇지, 이런 생각해보게 된다
바람이 하는 일이 없는 아파트 베란다의
사라져버린 연애에 대해서 생각해보게 된다
바람 불어 은근살짝 거시기한 소란이 일고
수술이 암술을 건드리고 작은 향기가 풍겨나고,
그런 바람피우는 일이 없어진 아파트 베란다의
청매는 올해도 푸릇푸릇 열매를 맺지 않게 된다

사랑 없이도 모든 삶들 생존은 할 수 있게 된다

장마를 기다림

한적한 오후 누군가 교무실에 들어서면서 이런 말을 할 듯하다 그러기 전에,

"왜 오시었어요?" 하고 어여쁜 여선생이 살며시 물을 듯도 하다 그러면 그는,

아, 지금 막 목련나무 밑을 지나오는데, 목련 잎을 되작이는 바람이 어찌나 선선한지요, 그 바람 혹 여기 교무실 방에서 나온 신선이 아닌가, 해서요

라고 씩 웃으면서 누구에게든 비 오는 우산 아래서 데이트 한번 하자고 두근두근 말해버릴 것 같은,

긴 장마를 기다리는 오후

* 이 시를 쓴 날(정확히 말하자면 2008년 6월 17일 4시 15분) 장맛비가 퍼붓기 시작했다. 허둥지둥 반바지로 갈아입고 우산 아래서 한참 헤매는데 빗소리가 좋아 오금이 다 저렸다. 아차, 오늘은 이 지역 시인 몇과 도종환 시인을 만나기로 한 날. 목포역 앞 나무포식당으로 차를 몰아 달리는데 벌써 시간은 6시를 훨씬 넘어가고 있었다. 그놈의 빗소리 때문이었다고, 장맛비 탓이라고, 그러자 시인은 껄껄 웃었다. 그는 어느 글에선가 한창 핀 보랏빛 꽃이 너무 아름다워 출근도 못 했다고 밝힌 적이 있다.

이끼

물 흐르는 바위틈이나 밑

보내고 싶지 않은 바위의 마음이 물에게 미쳐 잠깐 물이 멈춘 사이

까슬까슬 뭐가 생겼다 물의 혀에

큰까치수영을 처음 보았을 때

큰까치수영을 처음 보았을 때 나는, 배고픈 흰털고슴도치들이 산에서 내려와 즙을 빨아 먹으려고 마악 꽃대 속으로 들어가려다가 사람 발자국 소리 나는 걸 보고 들키지 않으려고 꼼짝 않고 그러고 있는 줄 알았다 나는 흰털고슴도치가 어쩌나 보려고 한참을 그러고 숨죽이며 서 있었는데 그 길고 하얗게 구부러진 꼬리 위로 왕은점표범나비가 팔랑, 내려앉아 침으로 간질이자 참지 못하고 어쩌지도 못하고 바람보다 조용히 꼬리 부분만을 떠는 것이 보였다

간지락나무

술래잡기랑 칼싸움 놀이가 심드렁해지는 시월이면 우리는 박우물가 구부러진 목백일홍 옆구리에 사정없이 간지럼을 먹이곤 했다 손톱으로 아무리 긁어도 나무는 간지럽다 말하지 않고 사지를 바들바들 떨기만 했다 나무는, 닳은 손가락의 귀여운 관심이 그렇게나 좋았을까? 한참을 그러다 나뭇가지를 올려다보면 가지 사이로 푸른 하늘이 쏟아져 내려와, "그만해라, 간지럽것다야" 하면서 우리들 탱자 같은 머리를 콩콩 쥐어박는 것이었다

자꾸 뒷짐을 지게 된다

나이 들어 배 안 그러려고 하지만 자꾸 뒷짐을 지게 된다

누군가를 향해 내지르던 종주먹을 자주 등 뒤로 감추게 되는데

그만큼 앞쪽으로 고개는 숙여지고 어깨는 둥그러지는 것

부르쥐었던 주먹은 어느새 몸 뒤에서 펴지고 왼손이 오른손을 맞잡게 된다

하늘보다는 발밑을 더듬거리고 땅의 눈치를 살피니 나는

순식간에 흩어졌다 뭉쳤다 하는 구름의 패기와는 점점 멀어지게 된다

창천에 풍덩, 몸 던질 용기 사라지고 마음은 더욱 뒤를 돌아다보게 된다

안개 낀 칠산 앞바다의 저녁 불빛

해창만 너른 간척지 가운데의 제법 크고 옴팍한 고향 저수지 같다

다정다감한 백수 아저씨랑 한집 살림하는 법성포 살집 포근한 아줌마가

얼른 들어오씨요잉 어디 숭어나 한 접시 맛나게 썰어드리까? 하자

일자눈썹을 긋던 수평선은 물마루 넘어갔다 오겠다며 시퍼렇게 웃는다

철썩철썩, 광활하고 엄정하던 시절도 그를 따라서 감돌아간다

촉촉하게 젖은 바다 안개가 일곱 섬 형제들에게 화투 패를 돌린다

뭐 혀, 빨랑 패 안 내놓고? 뒷간에 오줌 누러 갔어 똥 싸러들 갔어?

칠산 앞바다 멀리 무춤무춤 서성대는 초저녁 고기잡이 불빛들

순이가 고향 집 골방 문을 열고 쏟아내는 환한 저녁 웃

음 같다
몇 번 만나 두런두런 자장면 같이 비벼 먹는 애인 사이
들 같다

헛기침

유달산을 오르는데 요의가 왔다 이쪽저쪽을 흘끔거리다가 이때다 싶어 막 바지춤을 끌러 내리는데 산모롱이를 여자가 불쑥 들어서는 것이었다 황급히 바지를 추어올리고 숲을 들여다보는 척, 여자가 등을 지나는 동안 연신 헛기침을 해대었더니 한결 뒤통수가 편해진다

구 광주시청 뒷골목 여인숙을 잠 못 자게 흔들며 결혼하자던 때가 스물 몇이었던가 입안 가득 고인 침을 삼키며 해대던 헛기침이 아니었다면, 그때 나는 기어코 첫사랑을 더럽히고 말았을 터, 쓰러뜨리고 풀어 헤치고 두 눈에 불을 켜고 무슨 일이든 벌이고 말았을 터

그 쪽방

청해진 서로 2100번길 막다른 골목 끝
정상술 씨 댁의 본채 처마 끝에 곁들인,
살 떨리는 그림자가 숨죽여
살던 그 쪽방
어둠과 함께 딱 두 번
스며든 쪽방

들고양이처럼 살그음 문고리 잡으려 하면
그림자가 먼저 나와 사르륵
미닫이 소리 죽여가며 열어주고
첫새벽 더듬더듬 밖으로 나설 때면
달빛 아래 서성이다가
허청허청 내 발길 아침으로 마중해주던
그 쪽방 여자의

나는야 불온하고 젊은 애인이던

사랑의 고통

바위틈에 날아든 씨앗 하나 그 씨앗을 받아들여 시작된 바위의 고통

바위는 경도가 정점에 이른 언제부턴가 더는 견디지 못하고 조금 푸석거렸는데, 가슴이며 팔다리를 꽉 움켜잡고 있던 돌의 장력이 정점을 막 지날 때 슬쩍, 제 가슴 한구석에 씨앗을 하나 받아들였던 것 그건 저를 쪼개고 부수어 보잘것없는 존재로 만드는 일의 시작이었고, 이렇게 느닷없이 날아든 당신은 내 안에 또 다른 내가 웅크려 있음을 깨닫게 해주는 일이었는데, 까슬까슬 아픔이 늘 존재감을 느끼게 한다는 둥 그런 얇은 말들로는 살아낼 수 없는 깊은 뜻이 거기에는 그러나 있었던 거다 암수 동체가 아니므로 영원히 내 안에 들여놓을 순 없었으나 그건, 나를 둘로 부수고 넷으로 여덟으로 쪼개어 무수의 나를 생겨나게 하는 고통이었던 것

바위틈 뚫고 나온 고사리 한 잎 두 잎 갈래갈래 찢어 얻은 삶의 환희

3월의 눈

밤새 내린 눈들이 봄 햇살에
제 존재쯤은 녹아 사라져도 두렵지 않다는 듯

냉정하고도 묵묵한 표정으로 밭고랑을 기어서 건너고 있다 양달의
할머니 무덤가 진달래 뿌릴 붉게 적셔주려고

꽃 구멍

우리 눈에는 그저 언젠가
때가 되면 피는 것이겠지만 동백에게는
얼마나 많은 힘이 끙, 끙, 필요했던 것일까
가지 끝의 여린 눈으로 꽃잎을 밀어내려
애쓴 흔적이 꽃봉오리 붉음에 스며 있네
때가 되면 우리 마음에도 봄이 오가고
또 당연히 그러는 것이겠지만 저들의 삶은
저리 안간힘이네 겨우내 동백은 잠 한숨 못 잤을 것이리
푸르던 잎 거뭇거뭇해진 것 좀 봐! 똥 누듯 힘쓰느라
시퍼레진 저 낯빛을 좀 보라구!

어머니에게서 내가 나왔네 그 구멍들에서 나온,
너무나도 커다랗게 자라버린 저잣거리의 저놈들을 좀 봐!
밀어내느라 애쓸 만한 저 꽃들을 좀 보란 말이야!

날 사랑하는 당신의 속눈썹

—등줄실잠자리의 사랑

사랑을 하면 저렇게 둥글어지는구나
귀 기울이려면 안아주려면 입 맞추려면
너를 향한 가장 가까운 자세가 되어야 하는구나
입만이 아니라 귀만이 아니라 팔다리 발바닥만이 아니라
나의 모두가 가장 가깝게 너를 향하기 위해서는
둥글게 구부려서 너에게로 모아져야 하는 것이구나
할머니의 죽음도 궁륭을 사랑하여서 둥글었구나
먼 직선이어서 영원히 도달할 수 없는 수평선아
너에게로 헤엄쳐가는 물길만은 그래서 둥글구나

웃는 당신의 속눈썹은 날 사랑해서 둥글구나

웅강

도무지 그곳 사람들이 생각나질 않네
어딘지
언제 적 일인지,

세상에는 없는 등줄기 서느런 강이여

발문

다시 떠날 일이 생각난 듯
잠시 머뭇거리는 잠자리처럼

김영춘(시인)

1

굽이치는 흐름마저 잊어버린 물결이 어찌나 서늘하게 다가오는지 몸을 으스스 떨고 말았다. 서리가 내릴 무렵 가을 강을 따라서 걷다가였다. 아무것도 모르는 척하는 강물일수록 제 몸의 물줄기를 길게 휘어 제 의도와는 더 먼 쪽으로 흐르다가 돌아오지 않을까 짐작해보는 순간이었다. 내가 읽어본 이봉환의 시가 꼭 그러했다. 조곤조곤하게 들려주는 목소리는 다정하기조차 했지만 결국에는 내 가슴에 서늘한 그 무엇 하나만을 남겨놓은 채 사라져갔다. 그날 아침의 가을 강과 같았다. 모든 좋은 사랑들이 저질러야 했던 이별의 순간처럼 말이다.

그러나저러나 가을 강은 왜 꼭 그 모양으로 흘러야만 했고, 이봉환의 시는 왜 이 모양으로만 우리에게 다가오고 있는 것일까? 굽이치는 순간조차 제대로 드러내지 못하는 처지에 오직 서늘함 하나로 빛나고 있어야 하는 것일까? 제 울음소리를 제 스스로 듣고 싶지 않아서인가, 아니면 제 울음소리를 남들이 듣지 않았으면 하는 간절함인가. 우는 일 정도로는 살아 숨 쉬는 절망을 해결할 수 없다고 생각하는 것인가. 그도 아니라면 절망이 남긴 발자국을 훌쩍 뛰어넘어 버리고자 하는 것인가. 뛰어넘을 때마다 그 갈피에서 피어나는 아름다운 것들을 따라 순례의 길을 떠나고자 하는 것인가.

이봉환은 이번 시집에서 제목이 같은 두 편의 시를 함께 싣고 있다. 맨 처음과 맨 끝으로 나누어놓고 있지만, 떨어져 있는 거리와 관계없이 그들은 은밀히 통하고 있다. 굳이 나눠놓은 시인의 의도를 배반해보기도 할 겸 해서, 나는 '웅강'이라고 하는 이 두 편의 시가 만날 수 있도록 해보고 싶다. 해설하는 자가 가장 중요하게 생각해야 할 일은 서로 만나게 해서 뜻이 통하게 하는 것에 있는지도 모를 일이거니와, 그의 시가 남겨놓고 가는 '서늘하'다 못해 '시퍼렇기'까지 한 기운에 다가가기 위해서는 '웅강' 2편을 나란히 놓고 이야기하는 것이 좋겠다 싶은 생각이 들어서이다.

> 그늘이나 웅달이 고향에서는 웅강인데 꼭 웅강이 춥고 배고프고 서러운 곳만은 아니었다 시래기는 뒤란 처마 밑 웅강에서 꼬들꼬들 말라갔으며 장두감을 설강 위 웅강에 오래 두어야 다디단 홍시가 되어갔는데, 무엇보다도 어릴 적 마루청 밑 짚가리 웅강 속에서 달걀을 훔친 내가 흠씬 종아릴 맞고 눈물 콧물 범벅인 채로 잠들어버린, 고향에서는 정지라고 부르는 부엌 구석 어둑한 웅강의 찬 기운에 퍼뜩 정신을 차리고는 하였으니 거기가 서늘하고 깊고 시퍼런 물줄기를 가진 강 중의 강이기는 하였던 모양
>
> —「웅강」(10쪽) 전문

도무지 그곳 사람들이 생각나질 않네
어딘지
언제 적 일인지,

세상에는 없는 등줄기 서느런 강이여

—「웅강」(120쪽) 전문

시인은 이 세상에 없는 일이라고 말하고 있지만 사실은 이 세상에서의 일을 이야기하고 있다. 이 세상의 일이지만 그곳이 어딘지, 언제 적 일인지 도무지 그곳의 사람들마저 생각나지 않는 지경인 모양이다. 여기도 세상이고 거기도 세상이니 이 세상과 저 세상이 뭐 얼마나 다르겠는가. 다만 함께 살아왔던 사람들조차 떠오르지 않는다든지, 지내오는 동안 겪거나 나눈 일들이 기억나지 않는다고 한다면, 그것이 아무리 이 세상의 일이라고 할지라도 이 세상에는 없는 일이 되고 말 것이다.

웅강이 꼭 춥고 배고프고 서러운 곳만은 아니었다고 말하는 걸 보니 그곳은 몹시도 추운 곳이었나 보다. 배고프고 서러운 시절이었나 보다. 그 춥고 배고프고 서러운 곳에서 시래기는 꼬들꼬들해져갔고 장두감은 다디단 홍시가 되어갔나 보다. 이쪽과 저쪽을 함께 바라봄으로써 진정한 자신의 세계를 완성하고자 하는 이봉환 시의 특징이기도 하지만 아무튼, 웅강은 꼭 춥고 배고프고 서러운 곳만은 아니었나 보다. 사람들은 그곳에서 일어난 일이 언제 적 일이었는지 모두 잊었나 보다. 눈물을 닦고 깨어나던 부엌의 그 깊숙한 곳에서도 다디단 홍시가 익어가는 전설은 사라지고 말았나 보다. 그래서 이 세상 일이 아니기도 했었나 보다. 다른 세상에 서서 이 세상을 떠올려보지만 이제 모든 것들은 잊혀갔고 그 자리에는 '서늘하고 시퍼런 강'만 흐르고 있었나 보다. 사람들은 모든 것을 잊어버린 채 이 세상을 살고 있지만 시인은 영영 잊을 수가 없었나 보다. 그는 60여 년을 내내 웅강에서 태어나 살고 서 있었나 보다. 그래서 이봉환 시의 '서늘한' 것은 '시퍼런' 것일 때가 더 많았나 보다. 돌아가신 그의 어머니까지도 '거미줄 하나 없는 방'으로 다시 돌아오시나 보다.

2

요양원에 입소한 엄마는 곱게 쥔 두 손을 휠체어용 식판에 얌전하게 올려놓았다 고향과 멀어져버린 당신 얼굴은 내가 누군지 몰라서 시무룩하다 따듯한 밥이 한 그릇 앞에 놓이자 금방 환해진 자귀나무가 꽃잎을 꼬무락꼬무락 펼쳐낸다 어? 순가락을 움켜쥐는 꽃잎 끝마디가 기역 자로 구부러져 있다 영락없는 낫 한 자루가 관절과는 상관없는 쪽으로 굽어서 무언가를 자르려고 잔뜩 벼르고 있는 것 같다 논밭의 일들을 마치지 못한 흔적,

　군어버린 화석을 안쓰러운 눈길이 자꾸 쓰다듬자 오랜 기억이 한 점 꾸물꾸물 드러난다 자귀나무 꽃 속에서 구국국꾸욱꾹 섧던 멧비둘기 울음 몇 소절도 함께 발굴된다 떨어지지 않으려고 마른 밭 땅을 꽉 붙들던 육쪽마늘들 뽑으려면 손가락을 입과 함께 여간 앙다물어야 했으리 놈들을

　그러쥐고 죽기 살기로 견뎌야 했을 것 일생이 내내 사생결단이었으리 놓치지 않으려고 움켜쥔 놈들 중 하나가 바로 우리였을 것

—「사생결단」 전문

요양원에서 어머니는 식판을 앞에 놓고 있다. 숟가락을 움켜쥔 손가락은 기역 자로 구부러져 있다. 낫 한 자루가 관절과 상관없이 굽어서 잔뜩 벼르고 있는 것처럼 보인다. 논밭의 일들을 다 마치지 못한 흔적은 아들의 얼굴을 잊어버린 후에도 계속되고 있다. 이 대목에 이르면 그 어느 누구도 벌개진 눈시울을 감추기 위해 허둥대지 않을 수 없을 것이다. "참 잘 쓴 시야"라고 말 하지도 못하고 목이 메어온다. 우리의 목숨이 떨어져 나갈까 봐 자귀나무 꽃 잎사귀의

마지막 끝마디가 우리를 움켜쥐고 있는 모습이 그곳에 있기 때문이다. 혹시 '거기가 서늘하고 깊고 시퍼런 물줄기를 가진' 이봉환의 웅강은 아니었을까. 아, 떨리는 자귀나무 꽃잎사귀의 마지막 마디여. 사생결단이여.

이봉환의 시에는 어머니를 부르는 시가 특별히 많다. 이봉환은 어머니를 애써 '엄마'라고 부른다. 그 '엄마'는 이봉환의 시에서 유독 애틋하다. 누구의 시집인들 어머니를 그리워하는 시가 없으랴만 이건 그냥 한 두 편이 아니다. 네 편, 다섯 편, 여섯 편, 일곱 편…. 낫에 베인 손가락이 그냥 낫이 되어버린, 우리를 움켜쥐고 놓지 않으려 하는 어머니가 이 골목 저 골목을 돌아서 나온다. 여러 편이니 어지간하면 그냥 지나가고 싶지만 그냥 두고 가기 어려운 시가 또 있다.

늙은이가 꼿꼿한 집은 꼭 젊은이가 아픈 벱이다

옆집 정정한 할머니 흉볼 때마다 빼놓지 않던
이 말씀의 뜻 한번 야무지게 이뤄보시려고
엄마는 하루하루 남다르게 낡아가는 것 같다
오늘은 고추 빻고 참기름 짜러
동네 어매들이랑 읍내 방앗간엘 간다
실한 고추가 다섯 가마 참깨 알들 두어 되
저것들 키우느라 흘린 땀방울이 배어서

고춧가루는 이만큼 매콤해졌으리

새벽부터 새마을참기름집 줄지어 선 어매들의

빼저린 삭신을 겨우겨우 빠져나와서

참기름들 저리 걸쭉하고

고소해졌을 것

젊은것들이나 부디 많이 묵고 건강하라며

기어이 깻묵처럼 쪼그라든 어매들

마을 가면 아들딸보다 가까운 친구들이 참 많다

특히나 우리 엄마는 거미하고도 절친이어서

안방에 집도 지으라고 허락까지 하셨다

함석 물받이의 붉은

녹들은 엄마를 향해 번져가고

걸레도 당신 가까이서 쭈글쭈글 같이 말라가고 있는 걸 보면

개미 떼랑 먼지들 쓸어내지 않고 곁에 두신 뜻

잘 알겠다 엄마는

언제 또 고양이 아들까지 낳아두셨나

저녁 먹고 한참이나 창문을 긁던 녀석

엄니야아옹 기척하고는 홀긋 어둠 속으로 사라진다

염원의 손길 무수히 스치어간 당산나무 옆 돌장승의 코는

뭇 어매들 소원이 한결같아서 맨들맨들해졌으리

—「엄마의 소원」 전문

거미하고도 절친이어서 안방 한 귀퉁이를 내주는 어머니는 지금 함석 물받이처럼 녹이 번져가고 있다. 방안의 걸레랑 한식구로 쭈글쭈글 말라가고 있다. 가끔 끼니가 막막하면 밥을 얻어 자시는 고양이가 엄니야아옹 하고 저녁 인사를 드리고 가기도 한다. 여기는 어머니가 혼자 낡아가는, 어머니 냄새만 가득한 빈방이다. 이봉환의 시와 인생은 이곳에서 태어나는 것으로 보인다. 참 많은 사람들이 어머니의 자궁 타령을 하고 생명의 근원 타령을 하며 농경 사회가 어쩌고저쩌고하는 말들을 지치지도 않고 해왔지만, 그것과 관계없이 그의 시는 여기에서 생명을 얻는다. 특히 이번 시집의 시편들은 "봉환이 시가 이제 막 피어나고 있는 것 아녀?" 하는 확신에 가까운 조짐마저 느끼게 한다. 그렇다면 그의 시는 남도 들녘을 배경으로 하는 다른 시들과 어떻게 다른 것일까. 나는 원고를 읽어가는 동안, 이제야 비로소 그가 남도의 들녘과 어머니와 그의 시와 인생에 온전한 사랑을 바치게 되었다는 것을 눈치챌 수 있었다. 어머니가 그렇게 살다가 '서늘히' 떠나셨듯이 이봉환의 시 또한 그 길을 가고 있었다. 또한 영혼마저 온전히 다 바치고 싶어 하는 그가 제 어머니 하나만을 가슴에 품었을 리 없다. 무엇은 쓸 만하고 무엇은 별 볼일 없다고 말할 리 없다. 좀 서럽다고 잉잉대고 있을 리 없다. 그러니 "염원의 손길 무수히 스치어간 당산나무 옆 돌장승의 코는/ 뭇 어매들 소원이 한결같아서 맨들맨들 해졌으리"라고 흥얼거리며 집으로 돌아올 수 있는 것이다. 내 어머니가 이 세상의 모든 어머니와 다르지 않다는 것을 이미 그 젊은 날에 알았으므로 투쟁과 사랑을 함께 나누는 그 길을 걸어왔을 것이다. 익산 산다는 할머니에 투영된 「무궁화호 객실에서」의 마지막 연 또한 근래에 보기 드문 절창으로 다가온다. 터널을 지나는 기차가 '어둠 또한 또 다른 햇살 그늘인 당신'이라고 속삭이며 할머니를 쓰다듬고 있다. 태어나고 소멸하는 이 세상의 일을 거대한 변화의 흐름 속에 놓고 보고자 하는 그의 공부가 느껴진다. 만나지 못하는 동안에 이루어진 그의 사유가 불교를 향하고 있지는 않았었는지 주목해보기도 했다.

세상 참 살 만해졌다고
살 만한께 저세상 갈 때가 돼버렸다고
익산 산다는 할머니가 목포발 용산행
무궁화호 객실에서 하얗게 웃는다
늦가을 억새가 따라서 웃는다

이놈의 세상 가끔 살 만하긴 했다
살 만한 어느 날 아버지도 일찍 가셨다
살 만한께 떠나버려서 생각나는 사람들

그제야 사무쳐오는 숱한 아쉬움들

어딘가를 가기 위함이 아니라 우린
그냥 여기를 사는 거라고
햇빛 기차를 타고 햇살 터널인 당신을 통과하고 있다고
어둠 또한 또 다른 햇살 그늘인 당신이라고 기차가,
밤과 낮을 다 산 오늘이 뉘엿뉘엿 말하고 있다

—「무궁화호 객실에서」 전문

3

'세상에 이런 일이!'라고 하는 어떤 TV 프로그램이 있었던 것처럼, 1989년 전교조 결성을 이유로 국가권력이 1500여 명의 교사를 한꺼번에 학교 밖으로 내쫓았던 일이 있었다. '교육문예창작회'는 그해 가을에 해직교사이며 문인이었던 이들이 모여서 만들었던 모임이다. 나는 그와 '교육문예창작회'를 통해 만났다. 우리들의 생각을 알리기 위하여 '교사는 노동자다'와 같은 교육시집도 만들고, 전국의 여러 도시를 순회하면서 '참교육을 위한 시와 노래의 밤'이라는 공연을 벌이기도 했다. 각자가 속한 지역에서 새로운 민족문학을 세워내고 싶어서 노심초사하기도 했었다. 친해져서 속 이야기를 뿜어내게 되기까지는 한참이나 시간이 흐른 뒤였지만, 그냥 나 혼자서 이봉환을 생각할 때면 「조선의 아이들은 푸르다」나 「해창만 물바다」 같은 시를 떠올리곤 했다. 두 시집의 제목을 떠올리는 것만으로도 그가 어떤 생각으로 이 세상에 몸을 던지고 살아왔는지 충분히 짐작할 수 있는 일이다. 교사 발령을 받은 지 10개월 만에 해직을 맞아들였던 걸 생각하면 어딘가가 시큰해오지 않을 수 없다. 아이들에 대한 첫정도 떼지 못하고 떠났던 한 젊은이는 5년여 만에 학교로 돌아갔지만 독재 권력의 횡포도 세상도 여전히 엉망이었다. 새로운 세상에 대한 신념과 민중에 대한 책무를 동시에 짐 진 교사가 여전한 입시 지옥에서 허덕이는 아이들을 바라보며 살아왔을 것이니 지나간 30여 년의 실천과 사유가 얼마나 지난했으리. 그리고 이 과정은 모두 그가 써 내려간 시구절에 고스란히 담겨 있을 터이지만, 앞에서 나는 굽이치는 제 물결을 안으로 깊숙이 숨긴 채 흘러가는 가을 강을 이야기하면서 글을 시작했었다. 다행히 이번 시집에서 이봉환의 굽이치는 삶이, 스스로를 멀리 그리고 고요히 끌고 가고 있는 시를 만나볼 수 있었다.

세상을 함부로 구르다 까진 상처와
겁 없이 절벽을 뛰어내린 모서리가
멈칫멈칫 곁눈질로 상대방을 확인한다

큰 돌은 작은 돌 업어주려고 등을 낮춘다
아랫돌 윗돌이 차근차근 제자릴 잡는다

각과 각이 맞닿자
더듬더듬 어깨를 겯고 찬찬히
등 뒤로 팔을 둘러 손깍지도 낀다
금세 눈 맞고 배까지 맞아버린 몸들이
꽃샘추위 탓을 하며
서로를 바짝 끌어당긴다
떨어지지 않으려고 입술을 앙다물며 버텨낸다
각과 각이 조여오는 틈은
꽃샘바람을 받아들여 야릇해진다
그러나 너무 입 꽉 다물지는 않는
봄볕 환한 틈새기, 그 어름에서 목련꽃 피어난다

혼자 있길 좋아하는 둥근 돌은 여전히 홀로가 좋다
이웃과 맞대려 하자 와르르 허물어져버린다
각이 없는 것들은 상처 입은 바 없으므로
누군가의 바닥이 되는 걸 힘들어한다
담벼락의 맨 위에 올려주니 빙그레, 웃는다

등 굽은 뒷집 할머니 지날 때

보일락 말락 할 만큼 제 키를 높이는 돌각담

—「돌각담을 쌓다」 전문

얼마 전 카카오톡 대화방에서 대구 김윤현 시인의 마당에 핀 국화 사진에 마음을 빼앗긴 일이 있었다. 국화의 이런저런 타령들을 서로 길게 이어가던 참인데 이봉환 시인이 제 사는 집의 사진을 올려놓았다. 돌담이 길을 따라 감싸고 있는 새로 지은 집이었다. 나는 그 담장 위에 피어난 국화보다 1년을 꼬박해서 쌓았다는 돌담을 더 오래 바라보았다. 아마도 그는 이 돌각담을 쌓는 동안에 이 시를 썼을 것이다. “겁 없이 절벽을 뛰어내린 모서리가/ 멈칫멈칫 곁눈질로 상대방을 확인한다”는데 이때의 곁눈질은 내 생각을 챙겨가려는 비겁한 곁눈질이 아니라 작은 돌을 업어주고자 하는 큰 돌의 곁눈질이다. 이 곁눈질에 이르기 위해 우리는 그렇게 살고, 살고, 또 살았는지도 모른다는 생각을 하니 싸우고 부르짖으며 살아온 그간의 시간들이 또 다른 이정표로 다가오는 것 같았다.

“금세 눈 맞고 배까지 맞아버린 몸들이/ 꽃샘추위 탓을 하며/ 서로를 바짝 끌어당긴다/ 떨어지지 않으려고 입술을 앙다물며 버텨낸다/ 각과 각이 조여오는 틈은/ 꽃샘바람을 받아들여 야릇해진다/ 그러나 너무 입 꽉 다물지는 않는/ 봄별 환한 틈새기, 그 어름에서 목련꽃 피어난다”.

이 시를 가장 아름다운 곳으로 끌고 가는 두 번째 연이다. 정말 기분이 야릇해지기까지 한다. 각과 각이 만든 틈을 꽃샘바람이 드나들고 있다. 조여오고 있다는 말은 사이를 메우고 싶어서 온 힘을 다하던, 돌담을 직접 쌓은 자만이 할 수 있는 표현이다. 그곳으로 꽃샘바람이 드나들었으니 마당에서는 온갖 꽃들이 피어나리라. 봄볕 환한 돌담의 틈새기로 목련꽃이 피어남으로써 이 시는 완성의 직전에 놓인다. 사물과 사물의 사이에 놓인 틈새기를 그는 소중히 생각할 것이다. 그래서 남은 생을 살아갈 새로운 집에 돌각담을 쌓았으리라. 때로는 같은 길을 가는 동지도 서로 얼마나 다른 존재로 빛나며 갈등하고 아프던가. 시인은 '혼자 있는 둥근 돌'을 쓰다듬어주기 위해 다시 돌담으로 나선다. "담벼락의 맨 위에 올려주니 빙그레, 웃는다". 이제 등 굽은 뒷집 할머니가 이곳을 지날 때 보일락 말락 할 만큼만 돌담의 키를 맞춰주면 되는 것이다. 햇볕은 그 위에 내리고 모든 일이 평화롭게 안성맞춤인 것이다.

「돌각담을 쌓다」를 함께 읽는 동안 우리는 '서늘하'다 못해 '시퍼렇기'까지 하던 이봉환의 시 세계가 새로운 단계로 들어섰다는 것을 눈치챌 수 있다. 그는 모든 서러운 존재들의 가치를 받아들이며 그들을 하나의 세계로 묶어내려 애쓰고 있는데, 이때 가장 눈여겨봐야 할 중요한 움직임은 그가 잠시도 그들을 향해 '쓰다듬는 손길'을 멈추지 않고 있다는 것이다. 잠들기 전까지 우리의 배를 쉬지 않고 쓰다듬던 우리의 어머니처럼. 그의 시에서 피어나는 평화와 희망은 여기에서 나온다고 보는 것이 맞을 것 같다.

4

여기까지 오는 동안에 나는 이봉환 시가 우리에게 주는 평화의 가능성에 대하여 말하기도 했다. 그러나 어울리지 않게도 그는 오랫동안 아파왔다. 시를 쓰고 사는 사람치고 안 아픈 사람이 드물긴 하지만 그런 것과는 비교할 수 없을 만큼 그는 많이 아프다. 봄이 오면 심한 우울이 찾아와서 그를 짓누르고, 가을이 오면 모든 감각이 문을 열고 잠시도 가만히 있지 마라며 허공에 그를 띄운다. 봄은 그에게 어둠 속에 잠기는 세상을 보여주고, 가을은 살아 있는 아름다운 것들의 노래를 들려준다. 한번은 그가 자신에게서 일어나는 이런 현상의 고통을 고백해온 적이 있는데, 나는 위로한답시고 이런 대답을 대수롭지 않게 하고 지나갔었다. "봉환아, 잘됐다. 남은 날에는 시만 쓰라고 하늘이 네게 선물을 보내셨나 봐." 그해 봄이 다 지나도록 소식이 없어서 연락했더니 그는 정말 지독한 봄을 보내고 있었다. 다시는 이 봄을 보지 않을 생각을 했다고 했다. 그에게 과도한 생의 환희를 가져다준다는 가을에도 다시 찾아올 봄 걱정을 하고 있으니 그것이 어느 정도의 아픔인지 짐작할 반하다. 그가 쓰는 시가 그를 하루하루 낫게 해주는 꿈을 꾸고 싶다. 반드시 이겨내리라 믿는다. 다행히 그는 요즈음 양극단의 관념을 모두 끌어안은 채 바라보려는 공부를 하고 있는 것처럼 보인다. 봄과 가을도 다르지 않을 것이다. 그들이 만들어내는 어둠과 빛 또한 그러하리라. 대부분의 그의 시는 제대로 종결하지 않고 한 편 한 편을 마치고 있다. 우리에게 새로운 시작을 위한 상상력을 요구하고 있는 셈이다. 그 자신 또한 마찬가지일 것이라 생각한다. 다시 떠날 일이 생각난 듯 잠시 머뭇거리는 잠자리처럼 말이다. 그의 촌스러워서 정겨운 시어와 거친 어법에도 눈길을 주기 바란다. 나는 아직 소멸되지 않은 남도의 언어와 남도 시인의 이런 글쓰기의 태도에 낯을 부비고 싶다.

마지막으로 이 글을 읽는 모든 사람에게 이봉환 시인의 다음 시를 읽어드린다. 세상 사람들은 두 그루의 나무 사이에 깃들었다고 속삭이는 마지막 구절이 긴 울림으로 남기 때문이다.

노각나무 수피가 발그름히 빼어난 것은
자주자주 제 흙터를 벗어버리기 때문

굴참나무 껍질이 포근포근 다정한 것은

시리고도 아픈 날들을 버리지 못하기 때문

두 그루 사이에

세상 사람들은 깃들었네

—「세상 사람들은」 전문